LE VOYAGE

DE

GEOFFROY RUDEL

PAR R. F.

Ride ai lor casi il mondo,
A cui pace e vecchiezza il ciel consenta.

LEOPARDI.

NICE

IMPRIMERIE & PAPETERIE ANGLO-FRANÇAISE MALVANO & Cᵒ

(ANCIENNE MAISON CAISSON ET MIGNON)

62, rue Gioffredo, 62

1877

+Y

LE VOYAGE

DE

GEOFFROY RUDEL

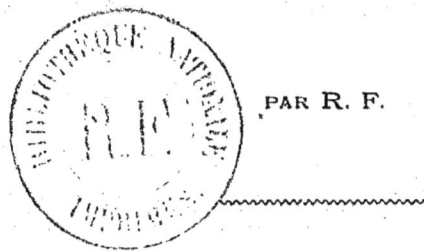

PAR R. F.

RIDE AI LOR CASI IL MONDO,
A CUI PACE E VECCHIEZZA IL CIEL CONSENTA.

LEOPARDI.

NICE

IMPRIMERIE & PAPETERIE ANGLO-FRANÇAISE MALVANO & Cie

(ANCIENNE MAISON CAISSON ET MIGNON)

62, rue Gioffredo, 62

—

1877

A Mademoiselle Adèle Marcillac

LE VOYAGE

DE

GEOFFROY RUDEL

~~~~~~~

Ride ai lor casi il mondo,
A cui pace e vecchiezza il ciel consenta.

LEOPARDI.

C'est dans un vieil auteur que je lus cette histoire.
Elle est naïve et simple, et peu voudront la croire
Dans notre siècle dur, égoïste et marchand.
N'importe! je la dis, car le fait est touchant
Et rempli d'une douce et tendre poésie.

Blonde Muse aux cheveux parfumés d'ambroisie,
Viens accorder ma lyre et soutenir mon chant.

C'était l'époque humble et mystique
De la ballade et du cantique,
L'époque où l'on chantait la guerre et les amours
A des rois peu savants encore,
Aimant le son de la mandore
Et protégeant les troubadours.

Le temps des preux et du miracle,
Où pour sauver le tabernacle
Le monde enthousiasmé courait vers les saints lieux ;
Où chacun sentait sa poitrine,
Aux accents de la voix divine,
Brûler d'un feu mystérieux.

En ce temps, à la cour des comtes de Bretagne,
Vivait un gentil ménestrel.
Il s'appelait Geoffroy Rudel.
A l'hospitalité, que largesse accompagne,
Répondant par un : grand merci,
Il coulait ses jours sans souci,
N'ayant jamais connu d'amour et de ses peines
Que ce qu'il en fallait pour charmer les garçons,
Pour faire à ses récits rêver les châtelaines,
Et pour égayer ses chansons.
Qui sait combien de jeunes filles
En écoutant le soir ses chants mélodieux,

Ou ses devis, le jour, à l'ombre des charmilles,
Sentirent leur cœur battre et se mouiller leurs yeux.
　　Mais le trouvère était rebelle
　　Et si l'enfant, plein de fierté,
Répondait quelquefois au souris d'une belle,
　　Il ne brûlait d'encens fidèle
　　Qu'à sa muse et sa liberté. —

Un soir un chevalier venant de Terre Sainte
Trouvant la nuit bien noire et l'endroit écarté,
Aperçut le castel malgré l'obscurité
Et vint sonner du cor sous les murs de l'enceinte,
　　Demandant l'hospitalité.

Comme bien vous pensez, ce soir-là, la veillée
　　Point ne manqua de gais propos;
La compagnie, aussi, fut tout émerveillée
D'être si bien en verve et si bien éveillée
　　Quand sonna l'heure du repos. —
Le chevalier contait qu'aux plages barbaresques,
　　En un lieu nommé Tripoli,
　　Entre autres choses pittoresques,
Il avait vu porter à des femmes moresques
　　Des colliers en acier poli.
Mais que tout pâlissait auprès de la princesse
　　Qui régnait sur ces pays-là.

Des cheveux fins et noirs, une voix charmeresse
De grands yeux empreints de tristesse
Puis, par instants, brillants, et pleins d'un pur éclat,
Mais surtout, reine sage et dame bienfaisante,
Protégeant le trouvère et le preux voyageur,
Et (sans vouloir d'aucun savoir, qu'il n'y consente,
Ni la foi qu'il défend ni la beauté qu'il chante)
Leur ouvrant sa cour et son cœur.

Le guerrier finissait de dire
Lorsque la châtelaine, oyant sonner minuit,
Partit, lui souhaitant bon sommeil d'un sourire
Et veillant que le page eût soin de le conduire
Jusqu'à son gîte pour la nuit.

Rudel aussi, bientôt, monta dans sa tourelle,
Mais son ami des autres soirs,
Le sommeil ne vint pas, hélas! battre de l'aile
Sur sa paupière aux longs cils noirs.
Il resta bien longtemps, rêveur, à sa fenêtre
Regardant les forêts trembler confusément
Et les astres muets paraître et disparaître
Aux profondeurs du firmament.
Et, l'esprit tout rempli de la belle princesse
Que ses yeux ne connaissaient pas,
Envahi d'une étrange ivresse,

Il crut voir, tout à coup, se dessiner là-bas,

Là-bas vers l'Orient mystérieux et pâle,

      Une figure virginale

Plus fraîche que l'aurore aux lèvres de carmin,

Qui, flottant dans les cieux, descendait sans rien dire,

      S'approchait, semblait lui sourire,

Et sur son front brûlant venait poser sa main. —

Presque endormi, bercé d'extases infinies,

Il entendait au loin de vagues harmonies

      Vibrer dans l'air silencieux :

Chants plus doux que celui que dit la mer sonore !

      Accords que notre oreille ignore !...

Et le charme aurait pu durer longtemps encore,

      S'il n'avait pas rouvert les yeux.

La vision s'enfuit à ce regard profane

      Laissant tomber sur son chemin

La perle qui brillait à son front diaphane...

      C'était l'étoile du matin.

      Adieu la paix du premier âge !

La douce paix de ceux qui n'ont jamais saigné !

De ces enfants bercés sur un lac sans orage

Qui n'ont encor jamais, au cours de leur voyage,

Connu l'amour heureux ni l'amour dédaigné !

      Adieu les calmes rêveries

      Sous les bois profonds et songeurs,

Les oiseaux gais et tapageurs,
Les moissons autrefois chéries!
Notre sein n'enclôt pas deux cœurs,
Notre cœur n'a pas deux patries!

Rudel, dès lors, fut sombre. Un jour
Le comte, ayant désir d'une chanson joyeuse,
Ordonna qu'on allât chercher son troubadour
Dans la chambre, au haut de la tour,
Où depuis quelque temps son humeur ombrageuse
Le tenait constamment blotti. —
La chambre était silencieuse
Geoffroy Rudel était parti.

Le voyage fut long, car la route était dure
Et lui bien frêle et bien chétif ;
Il marchait cependant, les yeux baissés, pensif,
Bravant le chaud sans plainte et le froid sans murmure,
Souvent cherchant sa route et souvent égaré,
Vivant souvent du pain qu'on jette à l'indigence,
Traînant un cœur malade en un corps délabré,
Brisé de jeûne et de souffrance,
Et n'ayant pour toute espérance,
Que son amour désespéré. —
Après deux mois, pourtant, un beau matin doré
Le trouva dans Fréjus, aux côtes de Provence,

Et son heureux destin mit, sur les flots unis
De la baie où jouait la brise errante et folle,
    Une balancelle espagnole
Prête à prendre le vent pour cingler sur Tunis.

Quel est donc ce navire à la fine mâture
Dont on peut voir encor du môle ou du fanal
Disparaître la coque et rougir la voilure
Sous les premiers rayons du soleil matinal?
    C'est la légère balancelle,
Qui court joyeusement sur les flots onduleux
    Et qui s'incline et qui chancelle,
Comme un bel oiseau blanc fuyant à tire-d'aile
Dans la limpidité des grands horizons bleus!

Quel est donc ce jeune homme à la joue amaigrie
Accoudé sur l'arrière et regardant le bord?
    Est-ce un désir, est-ce un remord
    Qui lui fait quitter sa patrie?
Il n'est pas matelot, sa main n'est pas meurtrie
Par les rudes agrès et les lourds avirons;
Les durs combats qu'on livre à l'élément mobile
Veulent des bras plus forts et des secours plus prompts
Que ceux d'un frêle enfant souffreteux et débile.

Que fais-tu donc, jeune homme, et quel est ton espoir?

Es-tu sûr de jamais revoir

Ou ta chaumière ou ton manoir,

Et de fouler encor le sol béni de France?

Ami, quel est l'ennui, le deuil, ou la souffrance,

Qui t'entraînent ainsi vers des bords inconnus

Où beaucoup sont allés, dont peu sont revenus,

Abandonnant peut-être une mère affaiblie

Que ton départ glace d'effroi ;

Ou quelque vierge aux yeux pleins de mélancolie,

Qui sent son front pâlir et son cœur qui s'oublie

Palpiter en songeant à toi?

Geoffroy, car c'était lui, regardait en silence

L'Estérel escarpé bleuir à l'Occident

Tandis qu'au flot rêveur murmurant en cadence

Répondait dans les airs la mouette au cri strident. —

Il pensait aux dangers de sa douce entreprise

Qu'un poète amoureux avait seul pu tenter. —

Un moment, moins empli de sa terre promise

Que du pays aimé qu'il venait de quitter,

Sentant ses pleurs tout prêts à trahir son courage,

Notre pauvre héros, pour faire bon visage,

Accorda sa guitare et se mit à chanter.

Que ce soit sagesse ou folie,

Vers l'Orient mystérieux

Je vais voir une fois les yeux
Et le sourire de ma mie,
Puis vienne après le deuil amer
Ronger mes os jusqu'à la moelle!
La brise chante dans la toile,
La brise chante sur la mer!

Oui, j'ai quitté, l'âme attendrie,
Mon pays paisible et joyeux.
Mon cœur est sombre et soucieux,
Ma gaîté s'est évanouie;
Mais je vois, au firmament clair,
Un profil pur qui s'y dévoile!
La brise chante dans la toile,
La brise chante sur la mer!

Si, sur le flot qui hurle et crie,
Les ouragans sont furieux;
Si la foudre étincelle aux cieux,
Si le sort en veut à ma vie:
Pour rester indomptable et fier,
J'ai mon amour, j'ai mon étoile!
La brise chante dans la toile
La brise chante sur la mer!

Le voyage fut bon, mais dura sept semaines;

Près de deux mois, passés entre l'onde et le ciel,
A bercer ses ennuis aux rumeurs incertaines
    Que font les mâts et les antennes
Et les remous bavards au babil éternel ! —
    Un beau soir enfin, la vigie
    Signala, par tribord au vent,
    Une côte au lointain rougie
    Par les feux du soleil couchant.
Au bruit des matelots qui criaient : terre ! terre !
Joyeux d'être arrivés au bout de la carrière
    Et pressés de toucher au port,
Geoffroy, dormant d'un somme aussi lourd que la mort
    Sur un lit de voilure usée,
    Souleva sa tête épuisée
    En souriant avec effort.
L'enfant, que cette vie inconstante et nomade
Avait miné, chétif, et brisé sans espoir,
Au départ de Fréjus était tombé malade.
    Il s'éteignait, sans le savoir,
Mais la mort sur sa face avait gravé son signe.
    Lorsque son regard attristé
Avait de son pays au rivage enchanté
Vu la silhouette au loin noyer sa vague ligne,
    Il avait dit son chant du cygne
    Et depuis n'avait plus chanté. —

On approchait. Bientôt Tunis parut, brillante,
On eût dit, à la voir couchée, éblouissante,
Baignant son pied neigeux dans des eaux de cristal,
    Une odalisque nonchalante
    De quelque conte oriental.
Soudain l'on vit venir, au travers de la brume
Que versaient du soleil les dernières lueurs,
Un canot frémissant faisant blanchir l'écume
    Sous les bras de ses vingt rameurs.

    « Ce canot que sa chiourme entraîne
    Qui paraît voler sur les flots,
Ne peut être, à coup sûr, que celui de la reine. »
    Disaient les anciens matelots.

Mais le pauvre Rudel, abreuvé de souffrance,
Rudel que ses malheurs mettaient en défiance,
    Ne crut pas, au premier abord,
Qu'une reine puissante, une noble princesse,
Pourrait avoir jamais pitié de sa détresse.
Quelques instants après, sa brune enchanteresse
    Sa bien-aimée était à bord.
C'était elle, ô bonheur ! sa belle bien-aimée
    Que la volage renommée
    Avait vaguement informée
Du départ du trouvère et de sa tendre ardeur,

Et qui, sur sa nef embarquée,
Venait récompenser d'une faveur marquée
Un si chevaleresque et tendre adorateur.,

Le pauvre agonisant, à cette vue amie,
Fixa ses deux grands yeux sur les yeux de sa mie
Qui, lui tendant la main, laissait ses pleurs jaillir :
Puis, soulevant son corps alourdi par la fièvre,
Il porta sans parler la main blanche à sa lèvre
Et rendit le dernier soupir.

La fin, dans mon auteur, est ainsi racontée,
Et, telle qu'on la lit, je vous l'ai rapportée. —
D'ailleurs, si mon récit laisse l'âme attristée,
Une moralité me semble en ressortir :
(L'usage est qu'une histoire en soit toujours suivie)
C'est qu'être heureux vraiment une fois dans sa vie
Est assez pour pouvoir mourir.

Nice. — Imprimerie Anglo-Française, Malvano & Co., rue Gioffredo, 62.